novum pro

AF163945

Bernd Kochan

NEIN!
EIN DORF WEHRT SICH

novum pro

www.novumverlag.com

Bibliografische Information
der Deutschen Nationalbibliothek:

Die Deutsche Nationalbibliothek
verzeichnet diese Publikation in
der Deutschen Nationalbibliografie.
Detaillierte bibliografische Daten
sind im Internet über
http://www.d-nb.de abrufbar.

Alle Rechte der Verbreitung,
auch durch Film, Funk und Fernsehen,
fotomechanische Wiedergabe,
Tonträger, elektronische Datenträger
und auszugsweisen Nachdruck,
sind vorbehalten.

© 2019 novum Verlag

ISBN 978-3-99064-831-5
Lektorat: K. Kulin
Umschlagfoto:
Nancy Anderson | Dreamstime.com
Umschlaggestaltung, Layout & Satz:
novum Verlag

Gedruckt in der Europäischen Union
auf umweltfreundlichem, chlor- und
säurefrei gebleichtem Papier.

www.novumverlag.com

Vorwort

Klimawandel, Energiewende, Verkehrswende, Migrationspakt, „Parteienerneuerung" – Schlagwörter, die täglich auf die Bürger unseres Landes einprasseln. Trotz Mahnung vieler Wissenschaftler wiederholen Politiker und Medienmainstream gebetsmühlenartig ihre dunklen Vorhersagen und Prophezeiungen und produzieren dabei so viel Unsinn und Unheil, dass sich die Fachleute mit Grausen abwenden und das Volk ob solcher Szenerien letztlich irgendwann resigniert oder Wahlen zu anonymem Protest nutzt.

Doch nicht alle lassen sich unterkriegen!

Dieses Buch ist deshalb den Menschen meines Heimatortes Mixdorf gewidmet. Es soll ein Dank sein an die fleißigen, kompetenten Mitglieder der Bürgerinitiative „Keine Windkraft im Schlaubetal" und an die Dorfgemeinschaft insgesamt. An fast allen Hoftoren und Haustüren sind Plakate gegen den Windkraftwahn im Schlaubetal (einem der schönsten Bachtäler Deutschlands) angebracht. Grundstückseigentümer, auch solche, denen die aus Steuergeldern rekrutierten Pachten der Investoren das Leben deutlich erleichtern würden, werden ihr Land nicht zur Verfügung stellen. Der Gemeinderat hat mit seinen Beschlüssen dazu beigetragen, dass in dem von der Regionalen Planungsgemeinschaft bereits festgelegten Gebiet zumindest vorläufig keine Windräder errichtet werden können. Und nicht zuletzt engagiert sich das zuständige Amt Schlaubetal, allen voran der Amtsdirektor, für den Schutz der Bürger und der so erhaltenswerten Umwelt.

Dieses Buch soll am Beispiel einer kleinen Gemeinde und deren Einwohnern aufzeigen, dass sich trotz schier übermächtiger, stets

Ja sagender Politiker und unverschämt mit Steuergeldern um sich werfender Investoren sachlicher, kompetent vorgetragener Widerstand einer Bürgerinitiative lohnt. Es soll all denjenigen Mut machen, die wie wir kämpfen oder auch dazu bereit sind, aber an der Sinnhaftigkeit zweifeln. Es geht!

Gegenwärtig gibt es ca. 900 Bürgerinitiativen gegen den Windkraftwahn bundesweit. Die Unterstützer tragen (noch) keine gelben Westen wie in Frankreich, aber sie werden sich mehr und mehr Gehör verschaffen. Insbesondere vor anstehenden Wahlen sind deshalb selbst politische Hardliner plötzlich bereit, beispielsweise über die Modalitäten des Kohleausstiegs oder die Abschaffung der Privilegierung von Windkraftvorhaben in den Außenbereichen der Kommunen nachzudenken. Ja, sie scheuen sich nicht einmal davor, ihren scheinbaren Sinneswandel durch Teilnahme an Kundgebungen der Kohlekumpel in der Lausitz nach außen zu dokumentieren, oder lassen sich höchst öffentlichkeitswirksam das letzte in Deutschland geförderte Stück Steinkohle in die Hand drücken und singen sogar das „Steigerlied" mit ...

Im Folgenden stelle ich in chronologischer Abfolge die Ereignisse in Mixdorf dar, versuche einige Hintergründe zu beleuchten, ohne die unser Bestreben und meine Auffassung zur „Energiewende" nicht eingeordnet werden können, und prognostiziere am Schluss, wie es weitergeht. Denn auch wir sind noch lange nicht am Ziel!

Jetzt noch ein redaktioneller Hinweis:

In den Dokumenten und Unterlagen der Ministerien und Planungsgemeinschaften ist häufig von sogenannten „Windeignungsgebieten" die Rede. Dies ist nach meiner Auffassung ein unzutreffender Terminus. Für Wind eignen sich alle überirdisch gelegenen Landesteile, ob Ostsee, Alpen, Saarland oder die Lausitz. Ich verwende deshalb in meinem Buch den Begriff „**Wind-kraft**eignungsgebiet", weil ich ihn für zutreffender halte.

Doch nun der Reihe nach …

1 Wie alles begann

Der kleine Ort Mixdorf liegt in Ostbrandenburg in unmittelbarer Nähe des Schlaubetals. In den 90er Jahren gab es einen regelrechten Bauboom. Viele Menschen, insbesondere aus den benachbarten Städten Frankfurt (Oder) und Eisenhüttenstadt, verwirklichten hier ihren Traum vom eigenen Heim, sodass wir heute annähernd 1.000 Einwohner zählen. Von Wasser und Wald umgeben und mit intakter Infrastruktur (Sport- und Freizeitzentrum, Kindergarten, gastronomische Einrichtungen, günstige Anbindung an Bus und Bahn) ausgestattet, ging man seiner Arbeit nach und so mancher freute sich darauf, hier auch seinen Lebensabend zu verbringen.

Da hatten die Einwohner aber ihre Rechnung ohne die Regionalplanung gemacht!

Anfang des Jahres 2017 erlangten das Amt Schlaubetal und die hiesige Gemeindevertretung davon Kenntnis, dass nur knapp 1.000 m von den neu errichteten Eigenheimen (und dem Kindergarten!) entfernt im 3. Entwurf des sachlichen Teilregionalplans „Windenergienutzung" der Regionalen Planungsgemeinschaft Oderland-Spree das sogenannte Eignungsgebiet Windenergienutzung 61 ausgewiesen wurde.

Warum kam diese Nachricht überraschend?

Bis dato galt die Satzung über den sachlichen Teilregionalplan „Windenergienutzung" vom 13. 10. 2003, die nach ihrer Veröffentlichung im Amtsblatt für Brandenburg am 22.04.2004 Rechtskraft erlangte. Weder Mixdorf noch die Nachbargemeinden Grunow und Schneeberg waren betroffen.

Unsere Gemeinde ging darüber hinaus davon aus, dass sie über ein gewichtiges Argument verfügte, um die Aufstellung von Windenergieanlagen zu vermeiden.

Im August 2011 wurde auf dem ehemaligen Militärgelände direkt neben dem Bahnhof auf einer 81 Hektar großen Fläche ein riesiger Solarpark mit über 100.000 Modulen übergeben. Dieser Solarpark mit einer Gesamtleistung von 24,1 Megawatt ist in der Lage, 5.350 Haushalte und damit das gesamte Schlaubetal mit „sauberem" Strom zu versorgen. Im Zusammenhang mit der Einweihung wurde dem damaligen Bürgermeister vom Regionalen Planungsbüro zugesichert, dass daher keine Notwendigkeit bestünde, Windkraftanlagen oder Ähnliches zu installieren. Natürlich gibt es von dieser Abrede kein belastbares Dokument. Das auch nur am Rande.

Welchem Umstand haben wir es nun zu verdanken, dass Mixdorf trotz allem als Windkrafteignungsgebiet im Regionalplan aufgeführt ist?

2 Gewaltenteilung einmal anders

Nun hatten wir ja, wie bereits erwähnt, eine rechtskräftige Satzung „Windenergienutzung". War eine Novellierung notwendig? Und wie sollte das funktionieren?

Sie alle verfolgen mehr oder weniger intensiv die Diskussionen um Klimawandel und Energiewende. Während zum Beispiel die Weltklimakonferenz im polnischen Katowice 2018 nur unverbindliche, allgemeine Ergebnisse konstatieren musste, gibt es durch die EU sehr konkrete und zwingende Richtlinien, die von den Mitgliedsstaaten in nationales Recht umgewandelt werden müssen. Beispielhaft seien hier die Richtlinie EU-RL 2009/28/EG genannt, die für alle Mitgliedsstaaten verbindliche Vorgaben zum Anteil erneuerbarer Energien bis 2020 und eine entsprechende Berichtspflicht festlegt, sowie die Richtlinie 2003/87/EG – Emissionshandels-RL). In deren Umsetzung gilt seit 2004 in Deutschland das Treibhausgas-Emissionshandelsgesetz (TEHG). Und natürlich gab es die Pariser Klimakonferenz …

Auf der Grundlage ihrer international eingegangenen Verpflichtungen hat die Bundesregierung den Ländern Ziele vorgegeben, die z. B. den Anteil erneuerbarer Energien bis 2020 bzw. 2030 betreffen.

Folgerichtig hat unsere Landesregierung reagiert und die energiepolitischen Ziele in ihrer Energiestrategie 2012 für Brandenburg bis 2030 verabschiedet. Sie beinhaltet zum Beispiel, dass der Endenergieverbrauch (Haushalte, Industrie, Verkehr …) bis 2030 um 23 % (!) sinken soll. Der Anteil erneuerbarer Energien soll gleichzeitig dann 60 % betragen. In einem Maßnahmenkatalog wurde festgelegt, dass dazu der Netzausbau und bessere Speichertechnologien erforderlich sind. Eine wahrhaft fundamentale Erkenntnis!

Aber was bringen die Vorgabe illusorischer Ziele und die endlose Wiederholung von zumindest in diesem Zeitraum nicht zu erreichenden technischen und technologischen Voraussetzungen für die sogenannte Energiewende? Selbst die Bundesregierung tappt bezüglich der Anpassungserfordernisse ihrer Energiepolitik derzeit im Dunklen. Fingerzeig dafür ist doch wohl, dass sie ihre Ministerien aus der Verantwortung entlässt und eine „Kohlekommisssion" eingesetzt hat. Die bemitleidenswerten Mitglieder dieser Kommission, Vertreter sowohl der ganz harten „Umweltschützer", Gewerkschafter und Vertreter diverser Verbände, sollen es nun richten. Braunkohleausstieg, Versorgungssicherheit und Zukunft der betroffenen Regionen können in dieser Konstellation wohl nicht verlässlich festgezurrt werden. Folgerichtig wurde das Ergebnis der Kommissionsarbeit auch vom Dezember in das neue Jahr verschoben. Deshalb wurden die vier Vorsitzenden dieses Ensembles und die Ministerpräsidenten der betroffenen Länder ins Kanzleramt bestellt und von der Bundeskanzlerin und den eigentlich zuständigen Ministern „eingenordet". Was für eine Farce! Die Ministerpräsidenten sollen mit Milliardenbeträgen und der Zusicherung, Tausende Arbeitsplätze nach dem Kohleausstieg zu schaffen sowie die marode Infrastruktur zu revolutionieren, ruhiggestellt werden. War da nicht schon einmal was mit „blühenden Landschaften"? Eine Regierungssprecherin relativierte dann auch die Ergebnisse des Gesprächs und wies darauf hin, dass zum damaligen Zeitpunkt noch keine Entscheidungen gefallen seien.

Und siehe da, kurz nach dem oben genannten Gespräch hat die Kommission am 26.01.2019 nach monatelangem Streit ihre Ergebnisse, die letztlich nur Empfehlungen für Entscheidungen der Bundesregierung sein sollen, auf den Tisch gelegt. Der endgültige Ausstieg aus der Kohleverstromung soll nach jetzigem Stand demnach zum Jahr 2038 erfolgen. Die hiervon betroffenen

Bundesländer Brandenburg, Sachsen, Sachsenanhalt und Nordrhein-Westfalen sollen in den nächsten 20 Jahren 40 Mrd. Euro für einen Strukturwandel (Schaffung von äquivalenten Arbeitsplätzen, Infrastruktur) erhalten. Die Betreiber von Kohlekraftwerken werden entschädigt und die Verbraucher (Unternehmen und Privathaushalte) sollen wegen der zu erwartenden Strompreiserhöhungen einen Zuschuss bzgl. des Preisbestandteils Netzentgelte erhalten. Man darf gespannt sein, ob und wie diese Empfehlungen von der Bundesregierung umgesetzt werden. Bereits kurz nach der Bekanntgabe der Ergebnisse der Kommission waren in unserer lokalen Presse am 30.01.2019 zwei Zitate zu lesen, denen ich zunächst nichts hinzufügen möchte. Der Wirtschaftsforscher Joachim Ragnitz sagte: „Es besteht die große Gefahr, dass hier mit viel Geld falsche und letzten Endes illusorische Vorstellungen geweckt werden." Und der wirtschaftspolitische Sprecher (CDU) Joachim Pfeiffer brachte es folgendermaßen auf den Punkt: „Es drängt sich der Verdacht auf, dass hier volkswirtschaftlich teuer erkaufte klimapolitische Symbolpolitik gemacht werden soll." Auch der Industriepräsident sprach als eines der Kommissionsmitglieder von einem schwierigen Ergebnis mit großen Risiken. Das kann man nachvollziehen, wenn man bedenkt, dass Deutschland die einzige Industrienation ist, die gleichzeitig aus der Kohle- und Atomenergieerzeugung aussteigen will. Es erhebt sich hier die bange Frage, woher wir nach dem Ausstieg die restliche Energie nehmen, wenn aus den erneuerbaren Energien der Bedarf nicht zu 100 % zu decken ist?

Doch kommen wir wieder zurück zum eigentlichen Thema, zu unserer Satzung „Windenergienutzung". Auf der Grundlage der oben genannten Zielstellungen hat die Landesregierung vorgegeben, dass namentlich für den Ausbau der Windenergie 2 % der infrage kommenden Flächen Brandenburgs als Windkrafteignungsgebiete auszuweisen sind. Da soll noch mal einer sagen, in der Politik gäbe es keine klugen Köpfe! Eine solche Zahl vorzugeben, ohne beispielsweise die ständig steigende Leistung der immer höher werdenden Windräder (oder andere entscheidungserhebliche Faktoren wie veränderbare Tabukriterien etc.) zu berücksichtigen, ist eine mathematische und empirische Meisterleistung!

Nun könnte man meinen, dass Bundes- und Landesregierung ihre wissenschaftlich ermittelten Vorgaben auch umsetzen müssen. Aber weit gefehlt. Ich habe in dieser Sache sowohl das Bundesministerium des Innern, für Bau und Heimat als auch das Bundesministerium für Umwelt, Naturschutz und nukleare Sicherheit angeschrieben. Beide Ministerien verwiesen darauf, dass die Planung und Genehmigung von Windkrafteignungsgebieten in die Kompetenz der Länder fallen. Auf die Frage des Mindestabstandes von Windrädern zur Wohnbebauung angesprochen, teilte mir das Innenministerium mit, dass die Länder bis zum 31.12.2015 gem. § 249 Abs. 3 BauGB die Möglichkeit hatten, per Landesgesetz verbindliche Auflagen festzuschreiben. Von dieser Möglichkeit hat nur der Freistaat Bayern mit seiner 10H-Regelung Gebrauch gemacht. Dort dürfen Windräder nur errichtet werden, wenn der Abstand von dem Zehnfachen der Anlagenhöhe zu Wohngebäuden eingehalten wird. Anlagenhöhe versteht sich hier als Nabenhöhe plus Radius des Rotorenumlaufs.

Auf Mixdorf bezogen würde das bedeuten, dass Windkraftanlagen erst in ca. 3 km Entfernung von unseren Wohngebäuden installiert werden dürften. Das wäre dann mitten im Wald, und da die gleiche Vorgabe natürlich auch für die 5 km entfernte Gemeinde Grunow gelten würde, hätte sich das geplante Eignungsgebiet erledigt.

Tja, hätte! Aber die Landesregierung Brandenburgs hatte eine solche Regelung nicht für notwendig erachtet. Vielmehr wird jetzt auch noch stolz verkündet, dass im Rahmen der Genehmigungen in der Regel ja 1.000 Meter Abstand einzuhalten seien. Viele betroffene Gemeinden können bestätigen, dass selbst dies bei Weitem nicht immer der Fall ist.

Die Antwort der Bundesministerien hat mich natürlich nicht überrascht. Kompetenzverteilung und Zuständigkeiten waren mir bereits vorher bekannt. Doch hatte ich die blauäugige Hoffnung, dass eine Umweltministerin oder ein Heimatminister den Namen zu Recht verdienen und die Möglichkeit besteht, wenigstens Leitlinien vorzugeben oder sich im Einzelfall ein Bild vor Ort zu machen und die Entscheider mal kurz zur Seite zu nehmen. Meiner Einladung zum Besuch des Schlaubetals konnte Frau Umweltministerin Schulze aus terminlichen Gründen leider nicht folgen ...

Nun habe ich natürlich Verständnis dafür, dass so ein Bundesminister Wichtigeres zu tun hat, als sich um das kleine Schlaubetal im fernen Osten der Republik zu kümmern. Also habe ich es auf Landesebene versucht. Zuständig schien mir der Minister für ländliche Entwicklung, Umwelt und Landwirtschaft zu sein. Doch auch hier musste ich bald erkennen, dass der Zeitplan dieses Ministers es nicht einmal zuließ, auf eine Einladung zur Bürgerversammlung in Mixdorf zu antworten oder auf meinen offenen Brief in der Zeitung zu reagieren. Da habe ich den Stress, dem diese Damen und Herren täglich ausgesetzt sind, wohl deutlich unterschätzt.

Zum Thema zurück. Da die Ministerien von Bund und Ländern für die Planung von Windkraftanlagen nicht zuständig sind, muss es eine andere Gewalt geben, die hier letztlich die Entscheidung trifft. Und tatsächlich, es gibt sie! Zuständig sind im Land Brandenburg die 5 Regionalen Planungsgemeinschaften. Für Mixdorf ist dies die Regionale Planungsgemeinschaft Oderland-Spree. Dieses Gremium rekrutiert sich aus Kommunalpolitikern, Abgeordneten verschiedener Parlamente und Vertretern des öffentlichen Lebens, die entweder kraft ihres Amtes, z. B. die Landräte von Märkisch Oderland bzw. Oder-Spree oder der Oberbürgermeister von Frankfurt (Oder), ihren Sitz innehaben, oder die gewählt wurden und beschließende oder beratende Stimme haben. Bezüglich der hier behandelten Windkrafteignungsgebiete treffen sie ihre Entscheidungen auf der Grundlage eines Entwurfs, der ihnen vom Leiter der Regionalen Planungsstelle mit Sitz in Beeskow vorgelegt wird.

Nun gibt es ja durchaus Bürger, die mit den Festlegungen von sogenannten Windkrafteignungsgebieten nicht einverstanden sind. Da wir in einer Demokratie leben, sollten diese ihren Unmut auch an einen zuständigen Adressaten bringen können. Das ist in diesem Fall jedoch nicht so ganz einfach.

Wendet man sich an die Bundesregierung, erhält man zur Antwort: „Die Ausführung des Bauplanungsrechts obliegt nach der Aufgabenverteilung des Grundgesetzes grundsätzlich den Ländern und Gemeinden. Ein Aufsichts- oder Weisungsrecht gegenüber den Ländern oder Kommunen steht dem Bund nicht zu."

Nun gut, es gibt ja noch den Landtag in Brandenburg. Wir haben den Petitionsausschuss angerufen, der unsere „kritischen Fragen und Ausführungen zum Thema Windenergienutzung durchaus nachvollziehen" konnte.

Gleichwohl erhielten wir die natürlich korrekte Antwort: „Die Ausweisung von Windeignungsgebieten und die Festlegung von Mindestabständen liegen im Land Brandenburg in der Zuständigkeit der fünf Regionalen Planungsgemeinschaften. Diese werden bei der Aufstellung entsprechender Regionalpläne im Rahmen der verfassungsrechtlich geschützten kommunalen Selbstverwaltung tätig." Na, aber jetzt haben wir endlich den Schuldigen – so dachten wir zumindest und haben zu unserer ersten Bürgerversammlung gegen die Windkraft im Schlaubetal den Leiter der Regionalen Planungsstelle der Planungsgemeinschaft Oderland-Spree eingeladen. Der musste sich natürlich einiges an Kommentaren und Kritik gefallen lassen. Als er schließlich nicht mehr weiterwusste, ließ er die Katze aus dem Sack: „Sie können mir glauben, dass mir das hier keinen Spaß macht. Aber wir sind nicht im Auftrag der Windenergie-Lobby unterwegs, sondern müssen die Vorgaben der Politik umsetzen. Wenn Sie also damit nicht einverstanden sind, beschimpfen Sie bitte nicht mich, sondern wenden Sie sich an die Bundes- und Landesregierung."

Mit ein wenig Humor stellt man sich spätestens jetzt vor, wie es dem Hamster im Rad ergeht, der es fleißig dreht, aber nicht von der Stelle kommt. Oder, wenn man ein wenig dramatischer veranlagt ist, wünscht man sich einen antiken Helden wie Alexander den Großen herbei, auf dass er mit seinem Schwert den Gordischen Knoten zerschlage.

Leider ist das Ganze nicht wirklich witzig.

3 Die Bürgerinitiative und ihre Verbündeten

Am 28.03.2017 fand im Jugend- und Freizeitzentrum in Mixdorf eine erste Bürgerversammlung zum Thema Windkraft im Schlaubetal statt. Hier informierte die Bürgermeisterin die ca. 350 erschienenen Einwohner und Gäste, dass entgegen früherer Satzungen nunmehr auch ein Windkrafteignungsgebiet unmittelbar neben dem Naturpark Schlaubetal ausgewiesen wurde. Dieses sogenannte Windkrafteignungsgebiet 61 betraf die Gemeinden Mixdorf und Grunow-Dammendorf mit einer Gesamtfläche von 162 ha. Im Umweltbericht zum 3. Entwurf des sachlichen Teilregionalplans „Windenergienutzung" wird die Gesamtbeurteilung des Gebiets wie folgt beschrieben: „Erhebliche Beeinträchtigungen durch die Festlegung des WEG können **voraussichtlich** bei der konkreten Anlagenplanung minimiert oder kompensiert werden." So einfach und oberflächlich geht man also mit den Schutzgütern Mensch und Umwelt um!

Ein sachkundiges Mitglied der Bürgerinitiative hatte mittels Computeranimation dargestellt, allein welche visuellen Folgen die Errichtung von möglichen 16 Windrädern mit einer Höhe von jeweils mindestens 230 m für unser Dorf haben würde. Da ging ein Raunen durch die Anwesenden und alle waren sich einig, dass dieses Vorhaben verhindert werden muss.

In ihrer konstituierenden Sitzung hat die Bürgerinitiative festgelegt, wer für welche Tätigkeitsfelder verantwortlich ist. Es ging beispielsweise darum, eine fundierte Stellungnahme aus der Sicht der Bürgerinitiative zu formulieren und die Einwohner und den Gemeinderat bei ihren Eingaben zu unterstützen. Das hatte zur Folge, dass dem Leiter der Regionalen Planungsstelle über 2.300

Schriftsätze der Bürger persönlich übergeben werden konnten. Weiter ging es darum, in den angrenzenden Waldgebieten Horste geschützter Vögel aufzufinden, in Karten zu dokumentieren und die Standorte mit den zuständigen Behörden abzustimmen. Auch die Nahrungshabitate dieser Vögel wurden fotografiert und die entsprechenden Flugrouten per Video nachgewiesen. Zwei unserer Mitglieder haben diese Aufgabe unter erheblichem Zeitaufwand hervorragend gelöst und so maßgeblich dazu beigetragen, dass ein aussagekräftiges Gutachten im weiteren Verfahren durch einen anerkannten und auch vom Gericht akzeptierten Fachmann angefertigt werden konnte. Dieses Gutachten wird gegenwärtig weiter aktualisiert. Für die interne und externe Kommunikation (Verbindung zu Presse, Rundfunk und Fernsehen) zeichnete ebenfalls eine versierte Mitstreiterin verantwortlich. Ich übernahm die Aufgabe des Sprechers.

Wir trafen uns zunächst regelmäßig im Abstand von ca. 3–4 Wochen. Diese Treffen dienten insbesondere der Vorbereitung von öffentlichkeitswirksamen Maßnahmen wie Bürgerversammlungen und Demonstrationen. Aber auch die Anfertigung von Schildern und Aufklebern gegen die Windkraft im Schlaubetal und Postwurfsendungen zur laufenden Information der Einwohner wurden hier besprochen.

Die Bürgermeisterin wurde zu den Sitzungen eingeladen, sodass hier eine gute Zusammenarbeit mit dem Gemeinderat jederzeit gewährleistet war. Enge Verbindung und regelmäßige Abstimmung bestand auch zu dem für uns zuständigen Amt Schlaubetal. Der Amtsdirektor engagierte sich vom ersten Tag seiner Tätigkeit an für unser gemeinsames Anliegen. Auch zu Abgeordneten des Kreis- und Landtages bestand und besteht regelmäßiger Kontakt.

4 David gegen Goliath

Alle kennen die Geschichte vom legendären Zweikampf des kleinen Hirten David mit seiner Schleuder gegen den Kraftprotz Goliath entweder aus der Bibel oder schlicht vom Hörensagen.

In einer ähnlichen Ausgangsposition befindet man sich, wenn man die Erreichbarkeit der Ziele der Energiepolitik bezweifelt oder auch nur die Pläne zur Errichtung von Windkraftanlagen in einer Region angreift. So wurde unsere Bürgerinitiative anfangs von einigen mitleidig belächelt. Wieder andere stellten uns, als wir in unserer Öffentlichkeitsarbeit in der Folge auch grundsätzliche Fragen aufgeworfen haben, sogar in die rechte Ecke und lehnten eine weitere Mitarbeit ab.

Wer aber fest an die Richtigkeit und Notwendigkeit seines Engagements glaubt, der lässt sich davon nicht verunsichern. Und so haben wir, unterstützt vom Gemeinderat und dem Amt Schlaubetal, unseren Kampf gegen den Windkraftwahn, zunächst immer bezogen auf das Windkrafteignungsgebiet Grunow-Mixdorf, konsequent fortgesetzt.

Eine Bürgerinitiative darf keinen Alleingang versuchen, sondern muss die Einwohner der Gemeinde und die betroffenen Nachbargemeinden mitnehmen. Die Resonanz im Rahmen der organisierten Bürgerversammlungen fiel dann auch eindrucksvoll aus. Hier war es wichtig, dass nicht nur die Windkraftgegner zu Wort kamen, sondern dass auch Vertreter der Windkraftinvestoren und Kommunalpolitiker, die der Windenergiesatzung positiv gegenüberstanden, ihren Standpunkt darlegen konnten. Denn bei allem Engagement für die Sache darf man nicht vergessen, dass Sachlichkeit und Meinungsvielfalt ein Gebot demokratischen Verhaltens sind. Natürlich fällt das gerade bei größeren Veranstaltungen, wenn die Emotionen schon mal hochkochen, nicht immer leicht. Da sind insbesondere die Moderatoren gefordert. Wenn sich dann auch noch ein Landrat vor die versammelten Teilnehmer hinstellt und behauptet: „In Deutschland passiert nichts gegen den Willen der Bürger", dann wird es für jeden Versammlungsleiter schwer, die Wogen zu glätten. Oder wenn Investoren mal kurz arrogant bemerken: „Die Windräder kommen sowieso. Seid froh, dass ihr nicht weggebaggert werdet wie in der Lausitz", dann kommen einem schon einmal kurz anarchische Gedanken …

Nein, wir haben uns nicht provozieren lassen. Sogar ein runder Tisch wurde einberufen, der im Ergebnis allerdings nur noch einmal die Standpunkte der potenziellen Investoren, der Kommunalpolitiker, sofern sie der Regionalen Planungsgemeinschaft angehörten, und natürlich der Bürgerinitiative manifestierten.

Neben den Bürgerversammlungen in Mixdorf kam den Demonstrationen in Frankfurt (Oder), Fürstenwalde und Seelow große Bedeutung bei. Diese fanden immer dann statt, wenn die Regionale Planungsgemeinschaft dort ihre Sitzungen abhielt. Neben einer erfreulichen Teilnehmerzahl der Mixdorfer schlossen sich auch andere Bürgerinitiativen betroffener Gemeinden dem Protest an. Als Versammlungsleiter und Organisator kann ich hier bestätigen, dass es keinerlei Vorkommnisse gab und die Zusammenarbeit mit der Polizei problemlos klappte. Es gab natürlich jedes Mal ein erfreuliches Echo in der lokalen Presse.

Allerdings bestanden kaum Möglichkeiten, mit den Sitzungsteilnehmern in ein zielführendes Gespräch zu kommen. Die meisten Mitglieder der Planungsgemeinschaft versuchten, den Fragen der Demonstranten und dem Trillerpfeifenkonzert so schnell wie möglich zu entkommen. Auch die Transparente haben sie eher mit einem scheuen Seitenblick zur Kenntnis genommen. Dennoch haben wir eine breite Öffentlichkeit erreicht und gezeigt, dass wir die irrwitzigen Pläne für das Schlaubetal nicht einfach so hinnehmen werden.

Natürlich wandten wir uns auch mehrfach mit Artikeln an die Presse. Nicht alle Beiträge wurden veröffentlicht, obwohl auch hier Sachlichkeit oberstes Gebot war. Sobald nur ein wenig Pressekritik angeklungen ist, war ein Abdruck in der Zeitung eher nicht möglich. Als Beispiel möchte ich hier nur am Rande auf meine Kritik dahingehend verweisen, dass eine lokale Zeitung dem Welttoilettentag eine halbe Seite widmete, den von der WHO für Europa verabschiedeten „Leitlinien für Umgebungslärm" jedoch lediglich ganze acht Sätze einräumte. Immerhin wurde in diesen Leitlinien die Empfehlung an die Regierungen der Staaten gerichtet, den Lärm von Windkraftanlagen möglichst unter 45 dB zu senken, weil ein Überschreiten durchaus negative Folgen für die Gesundheit der Bewohner zur Folge haben könnte. Man muss eben auch als Presse Prioritäten setzen ...

Interessant war auch unsere Teilnahme an einer Sitzung des Landtages Brandenburg. Gemeinsam mit dem Amtsdirektor fuhren wir nach Potsdam, um die Debatte und das Abstimmungsergebnis bzgl. eines Antrages der CDU-Fraktion zu verfolgen. Diese forderte unter anderem ein Windkraftmoratorium für ganz Brandenburg, ein Verbot der Errichtung von Windkraftanlagen in Wäldern und einen Mindestabstand der Windräder zu Wohngebäuden von mindestens 1.500 m. Erwartungsgemäß wurde der Antrag von der Rot-Roten Regierungskoalition und den Grünen abgelehnt. Trauriger Höhepunkt war der Beitrag einer Abgeordneten der Grünen-Fraktion. Sie stellte im Ernst die Frage, warum der geforderte Abstand von 1.500 m der Gesundheit der Menschen zuträglicher sein solle als einer von 1.000 m. Politik bewegt sich manchmal auf kläglichem Niveau.

Wir haben uns auch mit denjenigen Landeigentümern an einen Tisch gesetzt, deren Flächen für die potenziellen Investoren bezüglich eines Pachtvertrages von Interesse sein könnten. Das war insofern schwierig, als wir natürlich nicht die entsprechenden Grundbücher und Katasterunterlagen einsehen konnten, um alle Eigentümer zu ermitteln. So waren wir auf deren freiwillige Teilnahme am Gespräch und auf die Kenntnisse der „Alteingesessenen" angewiesen. Erfreuliches Ergebnis war, dass die Mehrheit der Erschienenen eine Verpachtung ablehnte. Zwischenzeitlich gab es noch weitere solcher Bekenntnisse. Sicher muss man erst einmal abwarten, wenn dann konkrete Zahlen im Pachtvertrag auf dem Tisch liegen und die Betroffenen feststellen, dass das Jahressalär aus der Verpachtung ihr Einkommen aus täglicher Arbeit doch zum Teil deutlich übersteigt. Allerdings dürften auch hier die Quellen seit 2017 nicht mehr so üppig sprudeln wie in den Vorjahren.

Mehr und mehr wird auch die Frage interessant, was nach dem Auslaufen der Förderung und dem Ablauf der Betriebsdauer mit den alten Anlagen passiert. Auf dieses Thema werde ich im 7. Kapitel eingehen.

5 Streitobjekt Windenergieanlage (WEA)

Zunächst einmal ist klar, dass man Alternativen braucht, wenn man Atomstromanlagen und Braunkohlekraftwerke abschaltet. Insoweit sind erneuerbare Energien ein Muss. Das heißt in Deutschland vornehmlich Solarenergie, Windkraft oder Biogasanlagen. Unser Thema ist in diesem Buch die Windkraft.

Risiken und Nebenwirkungen dieser Stromerzeugung für eine sichere und konstante Versorgung von Wirtschaft und Bevölkerung werden deutlich, wenn man sich vor Augen führt, dass der Wind nicht ständig in ausreichendem Maße weht und die Sonne nachts überhaupt nicht scheint und in den Wintermonaten und bei Schlechtwetter Schwierigkeiten hat, die Wolkendecke zu durchdringen.

Wer sich für diese Thematik detaillierter interessiert, dem empfehle ich beispielsweise den Vortrag von Herrn Professor Werner Sinn vom 19.12.2017, den er unter der Überschrift „Wie viel Zappelstrom verträgt das Netz? Bemerkungen zur deutschen Energiewende" in der LMU München gehalten hat. Hier zeigt er die ganze Misere der angestrebten Energiewende auf. Solange der in günstigen Zeiten erzeugte Strom für schlechtere Zeiten nicht in Größenordnungen gespeichert und bei Bedarf verlässlich abgerufen werden kann, ist eine Energiewende mit Totalverzicht auf Atomenergie oder Braunkohle illusorisch und wird zum bloßen Politikum.

Aktuelles Beispiel gefällig? In der Ausgabe unserer Lokalzeitung vom 21.01.2019 wird der Bundeswirtschaftsminister zitiert, der eine Überprüfung des geplanten Konzepts zum Kohleausstieg um das

Jahr 2030 herum für erforderlich hält, zumal der Anteil der Stromerzeugung durch Atomenergie bereits ab 2022 ersetzt werden müsse.

Postwendend meldet sich der Fraktionsvorsitzende der Grünen zu Wort und bezeichnet diese Überlegung als Irrweg. Bis 2030 müsse der Kohleausstieg weitgehend abgeschlossen sein. Und der Geschäftsführer von Greenpeace setzt noch einen drauf und postuliert, dass der Ausstieg aus der Braunkohle 2030 nicht überprüft, sondern abgeschlossen sein muss. Diese Jahreszahl merken wir uns, weil sie ganz „zufällig" unter anderen Gesichtspunkten noch eine Rolle spielen wird.

Die ganze „Kompetenz" gerade der Grünen zeigt sich auch in einem Interview ihrer Parteivorsitzenden, das sie dem Deutschlandfunk im Januar 2018 gewährte. Natürlich sehe sie, dass Strom aus Windkraft und Solaranlagen nicht an jedem Tag konstant produziert werden könne. Aber, so sagt sie, dafür hätten wir doch Speicher. Schon hier zucken die Fachleute zusammen und fragen sich, woher sie denn diese Weisheit nimmt. Aber die Vorsitzende kann ihre Aussage noch toppen. Wenn der erzeugte Strom nicht ausreiche, fungiere eben das Netz als Speicher! Spätestens jetzt fällt auch dem Gymnasiasten, der Physik abgewählt hat, die Kinnlade herunter.

Das Netz ist ein reines Transportsystem. Welcher Aufwand personell und technisch erforderlich ist, um eine konstante Stromversorgung zu sichern, hat mir der Besuch einer edis-Schaltzentrale gezeigt. Von einer Speicherfunktion konnte hier nicht die Rede sein. Vielmehr wird es immer schwieriger, die Stabilität unseres Verbundnetzes konstant zu halten. Waren dafür 2003 insgesamt drei Eingriffe erforderlich, waren es 2017 durchschnittlich drei Eingriffe pro Tag!

Diese Aussagen resultieren aus einer Sendung von 3sat vom 16.10.2018. Herr Prof. Wulf Bennert brachte es als Gastautor auf den Punkt: „Ich meine, kein besonders furchtsamer Mensch zu sein. Doch die Vorstellung, dass solchen Ignorant*innen nach Wahlerfolgen die Entscheidungsgewalt über unser Energienetz zufallen könnte, macht mir Angst." In seinem Beitrag geht er auch auf die Gefahr eines Blackouts des Stromnetzes mit den eklatanten Folgen für unser Land ein. Der interessierte Leser kann dies im Internet nachlesen in einem Artikel von Frau Vera Lengsfeld unter https://vera-lengsfeld.de/2018/11/27.

Aber Zappelstrom, völlig unzureichende und technologisch unausgereifte Speicher sowie mangelnde Netzkapazität sind Faktoren, aus denen sich Fragen der Wirtschaftlichkeit und der Versorgungssicherheit ergeben.

Ein mindestens ebenso relevantes Problem sind die Folgen für die Umwelt. Natürlich denkt jeder sofort an die visuelle Beeinträchtigung unserer Umgebung durch die Windmühlen. Das verunzierte Landschaftsbild ist denn ja auch ein absolutes Ärgernis. Aber der Umweltfrevel beginnt bereits bei der Vorbereitung der Standorte und dem Aufbau der Anlagen.

Hier nehme ich Bezug auf einen Artikel aus dem Internet, zu finden unter https://ruhrkultour.de/teure-hinterlassenschaften-die-rueckbaukosten-von-windraedern. Dieser Beitrag stammt aus dem Jahr 2017 und ist ausgerichtet auf die damalige Windkrafttechnologie mit einer Höhe der Räder von 200 m. Die Dimensionen der heutigen Anlagen sind deutlich imposanter. Aber die nachfolgenden Daten reichen aus, um dem durchschnittlichen Steuerzahler zu verdeutlichen, was er denn da mitfinanziert. Damals gingen die Autoren davon aus, dass eine 200 m hohe Anlage ein Fundament von 1.500 Kubikmeter Beton, armiert mit 180 Tonnen Stahl, benötigt. Auf diesem Fundament, das ein Gewicht von 3.500 Tonnen auf die Waage bringt, steht ein Stahlbetonturm, der 2.800 Tonnen wiegt. Maschinenhaus und Rotorflügel erhöhen das Gesamtgewicht noch einmal um 660 Tonnen.

Das sind Angaben zum eigentlichen Windrad. Aber diese Anlage muss ja erst einmal zum Standort gebracht und dort installiert werden.

Zunächst ist zu prüfen, ob denn die in kleinen Gemeinden wie Mixdorf oder Grunow vorhandenen Straßen die Belastung von Schwerlasttransportern für die Bauteile und die Fundamente überhaupt aushalten. So ein Fahrmischer für den Fundamentbeton bringt immerhin 34 Tonnen auf die Straße, ein Schwerlasttransporter für die Anlagenteile ca. 150 Tonnen. Sind die Verkehrswege wegen z. B. enger Kurven geeignet? Hier ist ein Außenradius von mindestens 32 m erforderlich. Dann ist es unabdingbar, dass die Zufahrtswege über Felder und durch Wälder lastenkonform gestaltet werden, also zumindest aus verdichtetem Recyclingmaterial bestehen.

Für den Kran, der das Windrad aufstellt, muss eine stabile, natürlich versiegelte Fläche geschaffen werden, die dauerhaft und frostfrei zu gründen ist. Trafohäuschen und Kabelgräben seien nur am Rande erwähnt.

Ein nicht zu unterschätzendes Problem ist das unbedingte Erfordernis, Feuerlöschkapazitäten vorzuhalten. Bei der Größe des bei uns geplanten Windenergieparks müssen das mindestens ganzjährig 105 qm Löschwasser aus zwei unabhängigen Entnahmestellen sein. Unabhängig davon zeigen auch diverse Beispiele, dass die Feuerwehren der ländlichen Kommunen gar nicht die technischen Voraussetzungen haben, um einen Brand in dieser Höhe zu löschen. Die katastrophalen Auswirkungen für Wälder, Felder und auch Ortschaften kann man sich lebhaft vorstellen.

Natürlich sind all diese Detailerfordernisse nicht Bestandteil der Regionalplanung. Die Prüfung der Einhaltung wird einem späteren Genehmigungsverfahren obliegen. Trotzdem denke ich, dass diese kurze Zusammenfassung technischer Voraussetzungen für die Leser nicht uninteressant ist.

6 Die „Umweltfreundlichkeit" der Windkraftenergie

Auch hier ist zunächst zu beachten, dass es nicht um die Risiken des Windes an sich geht. Jeder weiß, dass Stürme und Sturmfluten selbst in Deutschland schwere Schäden anrichten. Hurrikans und Taifune in besonders gefährdeten Gebieten Amerikas und Asiens fordern jährlich eine Vielzahl von Menschenleben und zerstören ganze Landstriche.

Aber hier geht es um die Windkraftenergie. Wenn man mit seinem (hoffentlich nicht Diesel-) PKW durch die deutschen Lande fährt und die sich friedlich drehenden Windräder betrachtet, denkt man sich: Na ja, sieht vielleicht nicht sonderlich schön aus, aber besser als Wasserdampf aus dicken Kühltürmen der Kraftwerke. Dieses beschauliche Bild erschließt sich dem Betrachter allerdings nur an den Wochentagen, da die Mobilität dieser Anlagen an den Wochenenden überwiegend reduziert bzw. gänzlich eingestellt ist. In meiner Gegend kann man das sehr eindrucksvoll in den Windparks Jacobsdorf, Weichensdorf und Beeskow erleben. Warum das so ist, habe ich unter den Stichworten Zappelstrom und Netzstabilität bereits ausgeführt.

Aber gibt es nun eine Gesundheitsgefährdung, wie einige behaupten?

Okay, dass manche Windräder im Winter zu Eiswurfmaschinen werden, kann sich ja noch jeder vorstellen. Die Rotation der Flügel bringt angesetzte Eisklumpen dazu, sich von der Anlage vehement zu trennen. Die Flugkurve ist ungewiss, und wer dann getroffen wird, war zur falschen Zeit am falschen Ort.

Dass in Abhängigkeit von der Entfernung zu den Anlagen ein mehr oder weniger konstantes Rauschen einige Mitmenschen verzweifeln lässt, ist auch nachvollziehbar. Liegt das Schlafzimmer in ungünstiger Richtung und werden Rollos oder Gardinen nicht wirksam zum Einsatz gebracht, kann auch die nächtliche Discobeleuchtung der Türme zu Unbehagen führen. Na und? Ist doch für die Flugsicherheit, auch wenn in manchen Gebieten ein Nachtflugverbot besteht.

Da hätten wir allerdings noch das Thema Infraschall. Was ist das denn und was hat das mit der Windenergie zu tun?

Infraschall ergibt sich aus Geräuschen mit einer Frequenz unter 20 Hz, damit unterhalb des menschlichen Hörvermögens. Dass solche Geräusche unter anderem auch von Windkraftanlagen erzeugt werden, stellen nicht einmal die ganz harten „Umweltschützer" infrage. Aber dass sich daraus Gesundheitsrisiken für die Menschen ergeben, wird vehement bestritten. Die sich aus medizinischen Studien ergebenden Folgen wie Gehör- und Gleichgewichtsprobleme, Schädigung innerer Organe, Angstzustände oder akute Schlafstörungen werden trotz der Untersuchungen in unserem Land oder in Dänemark als wissenschaftlich nicht belegt abgestempelt. So haben wir das auch bei einer Bürgerversammlung erlebt, als ein ortsansässiger, anerkannter Arzt darauf hinwies, dass ihm diesbezüglich verlässliche medizinische Gutachten zur Verfügung stünden. Das hat weder den Windkraftinvestor noch den anwesenden Landrat interessiert.

Natürlich gibt es noch keine finalen Langzeitstudien, die die akute Gefährdung der menschlichen Gesundheit belegen. Aber es mehren sich die Stimmen, die auf bestehende Risiken hinweisen. Dies kann man zum Beispiel in einem Positionspapier des Arbeitskreises „Ärzte für Immissionsschutz" detailliert nachlesen. Die dänische Regierung hat 2013 eine Studie in Auftrag gegeben, die Gesundheitsgefahren von Windkrafträdern erforschen soll. Die mit der Planungshoheit ausgestatteten dänischen Kommunen haben insoweit Investitionen weitestgehend eingefroren und wollen diese erst nach einem abschließenden Ergebnis wieder freigeben, wenn nachgewiesen ist, dass ihren Bürgern keine Gefahr droht.

Doch die deutschen Behörden wiegeln ab. So stellt das Bundesumweltamt in seinem Positionspapier „Mögliche gesundheitliche Effekte von Windenergieanlagen" aus dem Jahr 2016 fest: „Nach Einschätzung des Bundesumweltamtes stehen daher die derzeit vorliegenden wissenschaftlichen Erkenntnisse zum Infraschall einer Nutzung der Windenergie nicht entgegen." Na also.

Nun ist der Mensch natürlich besonders schützenswert. Seine Gesundheit und sein Wohlergehen sollten uns allen am Herzen liegen.

Aber da gibt es neben dem Menschen noch andere Lebewesen. Und nicht nur die eindrucksvollen Reportagen über die wunderschönen Naturparks in Asien, Afrika und Amerika sind es, die uns in die Verantwortung nehmen. Auch die einheimische Natur hat einiges zu bieten und ist in ihrer Gesamtheit schützenswert.

Wir in Mixdorf haben den Vorzug, direkt neben dem Schlaubetal, einem der schönsten Bachtäler Deutschlands, zu wohnen. Hier nisten fast 200 Vogelarten wie Kranich, Reiher, Schwarz- und Weißstorch, Rotmilan oder See- und Fischadler. Zahlreiche Fledermausarten sind zu beobachten und 700 Großschmetterlingsarten wurden registriert.

Was hat das nun alles mit „unserem" Windkrafteignungsgebiet 61 zu tun? Versteht er auch nicht, sagte der Leiter des regionalen Planungsbüros in einem Interview. Die Windräder stehen doch, wenn auch knapp, außerhalb des Naturparks. Er kann die Aufregung nicht nachvollziehen. Offensichtlich gibt es Jobs, für deren Ausübung man eine äußerst niedrige Hemmschwelle benötigt und in denen man seinen Gesprächspartnern von vornherein ein intellektuelles Defizit unterstellt.

Vögeln, Fledermäusen und Schmetterlingen ist nun mal zu eigen, dass sie sich durch Fliegen fortbewegen. Auf der Suche nach Nahrung haben sie weder Kompass noch Karte. Sie bewegen sich dorthin, wo es entsprechendes Futter gibt. Leider lassen sie sich dabei weder am Tag durch rotierende Windmühlenflügel noch nachts durch Blinklichter zurückhalten. Das traurige Ergebnis kann man diversen Statistiken entnehmen. Im Kreis Gotha wurden in einer Woche vier von Rotoren erschlagene Rotmilane gefunden. Brandenburg hält bundesweit mit 1.068 getöteten Vögeln den Rekord. Das war vor zwei Jahren, und man darf davon ausgehen, dass die Dunkelziffer deutlich höher liegt. Allein 158 Mäusebussarde und 85 Rotmilane fielen den Rotoren zum Opfer. Vielleicht sollte man die Landeshymne „Steige hoch, du roter Adler" noch einmal überdenken.

Doch nicht nur das direkte Töten durch die Windräder wird der Fauna zum Verhängnis. Skrupellose Täter (über deren Identität ich hier keine öffentliche Prognose wagen will, aber ich habe da so einen Verdacht …) versuchen, mit der Abholzung von Horstbäumen geschützter Vögel Windkrafteignungsgebiete „clean" zu machen. So geschehen in Klosterfelde, Mixdorf, Schneeberg, Merz, Treplin oder Herzfelde. Leider ist mir kein einziger Fall bekannt, in dem die Verursacher trotz eingereichter Strafanzeigen zur Verantwortung gezogen wurden.

Allerdings haben sich diese Umweltfrevler verrechnet. Auf Nachfrage erklärte das Brandenburger Landesamt für Umwelt, dass auch bei einer illegalen Zerstörung der Horste eine Schutzfrist von drei Jahren gilt, was die Perversität solchen strafbaren Handelns natürlich nicht entschuldigt.

7 Der Rückbau von Windkraftanlagen

Wie alle technischen Anlagen haben auch die Windräder nur eine begrenzte Lebensdauer. Hinzu kommt, dass die Förderung nach dem EEG für viele Windkraftanlagen nach Ablauf von 20 Jahren, mithin ab 2020, ausläuft. Die Vergütung für die Betreiber würde dann nur noch ein Drittel des bisherigen Ertrages ausmachen und damit für die Investoren natürlich uninteressant werden. In der Ausgabe unserer Lokalzeitung vom 6.11.2018 sagte der Brandenburger Vorsitzende des Bundesverbands Windenergie: „Wenn so ein Ding nicht mehr wirtschaftlich ist, kann man es nur stilllegen." Stilllegen heißt Rückbau.

Es gibt Erhebungen darüber, dass von diesem Rückbau ca. ein Viertel aller jetzt installierten Windräder betroffen wären. Auch der Ersatz der alten Anlagen durch neuere, deutlich höhere Räder (repowering) kann dieses Problem nicht beseitigen. Erstens stehen alte Anlagen oft außerhalb der jetzt beschlossenen Windkrafteignungsgebiete, zweitens haben viele Kommunen durch ihre B-Planung im Verbund mit einer Veränderungssperre solche Investitionen zunächst verhindert, und drittens braucht eine neue Anlage natürlich auch neue, deutlich größere Fundamente als die vorhandenen.

Was heißt nun Rückbau? Einige werden denken, Turm abschrauben, über den Rest Gras wachsen lassen und gut ist es. Weit gefehlt.

Neben dem Turm mit seinen Rotoren und dem Maschinenhaus ist zunächst auch das Fundament vollständig zu beseitigen. Um wie viele Tonnen Beton und Stahl es hier geht, habe ich im 5. Kapitel beispielhaft dargestellt. Aber nicht nur das Fundament, sondern auch die Transportwege, der Kranstellplatz, die Trafohäuschen und die Kabelkanäle sind so weit rückzubauen, dass der ursprüngliche Zustand der Landschaft weitestgehend wieder hergestellt ist.

Jedem muss auch klar sein, dass es sich hier um Sondermüll handelt. Beton kann möglicherweise geschreddert und als Befestigung im Straßenbau verwendet werden. Den Stahl kann man verschrotten. Ob sich das wirtschaftlich lohnt und ob sich dafür Abriss- und Verwertungsfirmen finden, vermag ich nicht einzuschätzen. Gegebenenfalls landen die Bauschuttreste auf Deponien.

Fakt ist jedenfalls, dass die Rotorblätter Giftmüll sind, für den Deponieren verboten ist. Sie bestehen aus Glasfaser und Harz. Möglich wäre eine Verbrennung in Zementfabriken, was angeblich zu keinerlei giftigen Rückständen führen soll. Aber kann das funktionieren, wenn ab 2020 jährlich 15.000 Tonnen Rotorenmüll anfallen?

Nun ist die technische Beseitigung der alten Anlagen eine wohl nachvollziehbare echte Herausforderung. Aber eine mindestens genauso interessante Frage ist doch wohl, wer das Ganze bezahlt?

Natürlich die Investoren, sollte man meinen. Das ist auch grundsätzlich richtig. Aber ganz so einfach ist die Sache aus mehreren Gründen dann doch nicht.

Der Abgeordnete des Brandenburgischen Landtages Peter Vida (BVB/Freie Wähler) hat beantragt, dass die Landesregierung klären möge, inwieweit die anfallenden Rückbaukosten von den Verpflichtungserklärungen der Investoren oder der Sicherungsgeber (z. B. Banken) abgedeckt sind bzw. in welchem Maße Kosten auf den Landeshaushalt oder die Grundstückseigentümer zukommen könnten. Er verwies insbesondere darauf, dass Windkraftinvestoren bis 2004 keine diesbezüglichen Verpflichtungen eingehen mussten.

Zu bedenken ist dabei auch, dass in vielen Fällen die Eigentümer der Anlagen gewechselt haben, einige Betreiber insolvent sind oder dass sich die Bonität der Betreiber so drastisch verändert hat, dass ihre Verpflichtungserklärung nicht werthaltig ist.

Wichtig dabei ist auch, dass eine solche Erklärung der Investoren kein vollstreckbarer Titel ist. Wenn sie sich trotz übernommener Verpflichtung weigern, muss eine gerichtliche Klärung erfolgen. Wer klagt, wer übernimmt die Gerichts- und Anwaltskosten und trägt das Prozessrisiko?

In vielen Fällen wird der Grundstückseigentümer haften müssen. Das haben wir in unseren Gesprächen mit den potenziellen Verpächtern unserer Gemeinde immer wieder betont. Mir liegt zum Beispiel der Entwurf eines Nutzungsvertrages vor. Hier verpflichtet sich der Investor, für die Übernahme der Rückbaukosten eine Bankbürgschaft in Höhe von 150.000,00 Euro beizubringen. Für denjenigen Verpächter, der sich aus Unkenntnis auf einen solchen völlig unzureichenden Betrag einlässt, wird es im Rückbaufall ein böses Erwachen geben. In der Realität geht man von deutlich über 400.000,00 Euro aus, bei größeren Anlagen wird auch dieser Betrag nicht reichen. Für die Differenz muss dann der Verpächter (Grundstückseigentümer) sein Sparschwein knacken!

8 Manipulation

Wenn die „Energiewende" technisch und wirtschaftlich in dem vorgesehenen Zeitraum und mit der geplanten Konsequenz letztlich eine Gefahr für Mensch und Umwelt darstellt, wenn speziell durch den weiteren Ausbau von Windkraftanlagen unsere schönen Landschaften weiter deformiert werden, wieso wird dem nicht Einhalt geboten? Warum verharren unsere „Volksvertreter" in Schockstarre, wenn selbsternannte Umwelt- und Klimaschützer die Sendeminuten des öffentlich-rechtlichen Fernsehens füllen oder mit dubiosen Forderungen bezüglich des sofortigen Ausstiegs aus Kohle- und Atomstromerzeugung ganze Zeitungsseiten füllen? Warum wehrt sich der Bürger nicht?

Ganz einfach oder besser makaber. Es werden dem mehr oder weniger interessierten deutschen Mittelstandsbürger Ängste suggeriert.

Schon die nächste Generation wird ums Überleben auf unserem Planeten kämpfen müssen! Feinstaub und Stickoxide raffen schon jetzt jährlich Tausende von Menschen in Deutschland hin! Die Pole schmelzen und das Meer wird ganze Landstriche und Länder vertilgen! Die Magdeburger Börde wird bald aussehen wie die Sahelzone!

Das sind nicht etwa Filmsequenzen aus Hollywood, inszeniert von Steven Spielberg. Es sind Schlagzeilen der Mainstream-Presse und artikulierte Horrorszenarien insbesondere der angeblich so naturverbundenen Grünen-Politiker, mit denen wir beinahe täglich konfrontiert werden. Und steter Tropfen höhlt den Stein. Die Wahlprognosen für die „Umweltaktivisten" sehen entsprechend aus, was nach meiner Auffassung die größte Katastrophe ist.

Aber wie kann es sein, dass trotz eindringlicher Warnungen von anerkannten Wissenschaftlern, trotz der unwiderlegbar bestehenden physikalischen und chemischen Gesetzmäßigkeiten, trotz der offenkundigen Wandlung von Naturgebieten in Industriegebiete infolge des Windkraftwahns kein Aufschrei durch das betroffene Volk geht?

Das hat nach meiner Ansicht vielerlei Gründe.

Da hätten wir zunächst den Menschen an sich. Was interessiert den Berliner, ob im Oderbruch oder im Schlaubetal Windräder gebaut werden? Dieses Problem gibt es in den (Groß-)Städten nicht. Also wird es ausgeblendet. Und wenn er dann am Wochenende Richtung Polen fährt, um sein Auto günstig zu betanken oder auf dem Markt im polnischen Grenzstädtchen Slubice bei Frankfurt (Oder) ein Schnäppchen zu machen, freut er sich, nicht in Jacobsdorf unter Dutzenden von Windrädern wohnen zu müssen. Damit endet sein „Interesse". Diese Nichtinteressierten spielen bei Wahlen allerdings schon rein zahlenmäßig eine wichtige Rolle!

Dann gibt es diejenigen, die irgendwann resignieren. Sie bestellen die Zeitungen ab und gucken statt der Tagesschau „Prominent". Sie bilden in der Regel nicht die Klientel für Bürgerinitiativen, sondern eher für Nichtwähler, und ein soziales Engagement ist eher nicht mehr vorhanden.

Ein langjähriger Vorsteher eines Ortsteils von Frankfurt (Oder) tritt zum Beispiel zu den nächsten Kommunalwahlen nicht mehr an. Die Stadtverordneten haben die von den Windradbauern geforderte Anlagenhöhe von 241 Metern in seinem Wohnort beschlossen, aus Angst, bei einem gegenteiligen Beschluss der Verhinderungsplanung bezichtigt und von den Windkraftinvestoren verklagt zu werden. Der Frust der Einwohner ist groß. Kann man ihm da seine Entscheidung verdenken? Wenn er dann noch erfährt, dass das Oberverwaltungsgericht Berlin-Brandenburg das Normenkontrollverfahren bezüglich eines B-Planes, der neue

Windräder in einem anderen Ortsteil verhindern sollte, eingestellt hat und die Windkraftinvestoren hier auf die Nase gefallen sind, wird er die Welt erst recht nicht mehr verstehen.

Die nächste Kategorie sind die „Eingelullten". Sie folgen dem Mainstream in blindem Gehorsam oder einfach aus dem Gefühl der Erleichterung, dass ja alles nicht so schlimm sei.
Politik und Medien überbieten sich darin, für genügend „Futter" zu sorgen. Nahezu an jedem Tag kann man hören oder lesen, dass die Welt vor einem Abgrund steht. Also werden Atom- und Kohleausstieg, Fahrverbote in Städten oder die radikale Neuausrichtung der Autoindustrie auf Elektroantriebe als die Heilsbringer propagiert – und schon gibt es bei diesen Leuten ein heftiges Kopfnicken und ein befreites Aufatmen.

Eine weitere Gruppe möchte ich die „Zaudernden" nennen. Hier sind eine gewisse Skepsis und Misstrauen gegenüber der herrschenden Meinung vorhanden. Wie kann man nun versuchen, diese Bürger zu bekehren? Ganz einfach – man erinnert sich an das altrömische Prinzip „panem et circensis" (Brot und Spiele). Im Fall der Windkraft heißt das: „Lasst uns doch gegen die mangelnde Akzeptanz und den Widerstand der Bürger eine materielle Beteiligung der Gemeinden am Investment der Anlagenbetreiber festschreiben." Also nicht nur, dass potenzielle Landverpächter mit erquicklichen (Steuer-)Geldern geködert werden, nein, auch die Kommunen sollen ihren Teil vom Kuchen abbekommen. Gesetzesentwürfe der Parteien im Land Brandenburg beinhalten entsprechende Zahlungsverpflichtungen der Betreiber. So sieht z. B. der CDU-Entwurf „Windabgabegesetz" (Drucksache 6/10374 v. 15.1.2019) eine Einmalzahlung, bestehend aus dem Höhenentgelt von 50,00 EUR pro Meter Nabenhöhe und einem Anlagenleistungsentgelt von 1,00 EUR pro KW installierter Leistung, vor. Darüber hinaus wäre eine laufende jährliche Abgabe an die betroffenen Gemeinden in Höhe von 10,00 EUR pro Meter Nabenhöhe und ein Strommargenentgelt von 0,1 Cent pro KW/h eingespeistem Strom zu entrichten. Die

SPD hat ähnlich geartete Vorschläge. Natürlich erfolgte sofort ein Aufschrei der Grünen-Sprecherin für Wirtschaft und Energie dahingehend, dass man mit solchen Zahlungsverpflichtungen der Windkraftbetreiber maßvoll umgehen sollte, um ihnen nicht den Hahn abzudrehen. Diese Partei ist eben unverbesserlich. Aber nicht nur mittels Geld sollen die Windkraftakzeptanz der Bürger erhöht und die „Zaudernden" auf Linie gebracht werden. Künftig werden in den Regionalen Planungsgemeinschaften nicht nur Vertreter von Gemeinden ab 10.000 Einwohnern vertreten sein, sondern auch solche ab 5.000 Einwohnern. So sieht es die Änderung des Gesetzes zur Regionalplanung vor. Diese Maßnahme erhöht natürlich das demokratische Mitspracherecht des Volkes (zahlenmäßig). Statt derzeit 37 Regionalräten werden dann 60 in unserer Regionalen Planungsgemeinschaft Oderland-Spree das Sagen haben. Aber der politische Druck mit den entsprechenden Vorgaben (2 % der Fläche für Windkraft) wird bestehen bleiben, und dem Bürgermeister von Kleinkleckersdorf in der Uckermark wird es nach wie vor egal sein, ob im Schlaubetal Windräder stehen.

Es gibt nun neben diesen von mir kategorisierten Menschengruppen auch solche, die Widerstand leisten und sich öffentlichkeitswirksam wehren – wogegen auch immer. Die wollte ich ebenfalls in diesem Kapitel analysieren. Aber dieses Thema ist zu komplex, so dass ich es nachfolgend abhandeln werde.

9 Widerstand

Im vorigen Kapitel habe ich meine Sichtweise auf die Gleichgültigen, Hilflosen und die Hin-und Hergerissenen zum Thema Windkraft zu skizzieren versucht. Natürlich ist diesbezüglich genug Raum für konträre Meinungen, Zustimmung oder Ablehnung.

Nun gibt es aber auch in Deutschland tatsächlich Bürger, die politische Unvernunft, Ungerechtigkeit oder offensichtliche oder vermeintliche Fehlentwicklungen nicht hinnehmen wollen. Der sich daraus ergebende Widerstand gegen Entscheidungen ist vielfältig und die Bewertung der Bevölkerung (und natürlich der Politik!) bezüglich der Handelnden ist teilweise völlig unterschiedlich. Themen wie Klimakatastrophe, Energiewende oder Windkraftwahn spalten nicht nur die Gesellschaft, sondern auch Familien und Freundeskreise.

Wenn man in einem demokratischen Staat Widerstand gegen staatliche oder politische Vorgaben leistet, müssen tunlichst einige Prämissen beachtet werden. Zunächst sollten die Gelbwesten zumindest vorerst im Schrank bleiben. Ein konsequenter, aber sachlicher Ton muss Diskussionen beherrschen. Aktionen dürfen die Grenzen der Rechtsstaatlichkeit nicht überschreiten. Demos auf öffentlichen Straßen und Plätzen im Rahmen des Versammlungsgesetzes, Spruchbänder und Trillerpfeifen sind natürlich erlaubt. Gewalt gegen Personen oder fremdes Eigentum ist für mich ein absolutes No-Go!

Unser Widerstand gegen den Windkraftwahn hat sich wie oben beschrieben immer an diese Prämissen gehalten. Antrieb war stets die Sorge um die Gesundheit der Menschen, speziell um das Wohlergehen unserer Kinder, die Lebensqualität in unserer Region sowie der Erhalt der wunderschönen Landschaft und der Vielfalt der Arten.

Widerstand geht aber auch anders.

Da besetzen grüne Fanatiker Tagebauförderanlagen, blockieren mit Sitzstreiks Schienenanlagen oder bauen Baumhäuser im Wald. Nun darf man sie wahrscheinlich nicht als Nachkommen der Maschinenstürmer des 19. Jahrhunderts bezeichnen, aber ihre Aktionen bleiben illegal. Ich vermisse hier eine konsequente Reaktion der Justiz.

Und erstaunlich ist auch, dass diese Aktionen von den Akteuren in unserem Land ganz überwiegend mit Transparenten in englischer Sprache begleitet werden. Soll das ein Hinweis auf eine weltweite Bewegung sein oder deutet es eher auf die Herkunft der Initiatoren hin? Ich meine, eher Letzteres.

Wer sich zu unserem Thema äußern will, kommt an Klima-Greta nicht vorbei.

Da hockt eine kleine schwedische Schülerin in einer Schneewehe vor dem Reichstag in Stockholm und hält ein Pappschild gegen den Klimawandel hoch. Sie schwänzt seit einem Monat die Schule, hat das später auf jeden Freitag reduziert. Aus dieser Aktion ist mittlerweile eine Bewegung von Schülern und Studenten entstanden, die (zahlenmäßig) beeindruckend ist.

Mir fällt in diesem Zusammenhang sofort ein Spruch des deutschen Kabarettisten Werner Finck ein: „Früher sind die Menschen für die Freiheit auf die Barrikaden gegangen. Jetzt tun sie es für die Freizeit."

Ich bin mir bewusst, dass die Jugend emotional leicht beeinflusst werden kann, wenn die Animation professionell aufgezogen wird.

Auch hier spielt das „Bedrohungspotenzial" eine wichtige Rolle. Die Alten bedrohen die Zukunft der nächsten und übernächsten Generation mit Kohle, Atomstrom und Diesel.

Liebe Leser, Sie glauben doch wohl nicht, dass Greta von ihren jetzigen „Mitstreitern" entdeckt wurde und dass sie allein mit ihren Auftritten in Katowice und Davos eine Lawine ins Rollen gebracht hätte? Hier war wohl professionelle Hilfe nötig. Und siehe da, ein Herr Rentzhog (schwedischer „Umweltunternehmer") hat sich wohl im Einvernehmen mit ihren Eltern der Karriere des am Asperger-Syndrom leidenden Mädchens angenommen. Greta war in seiner gegründeten Aktiengesellschaft „We Don't Have Time" eine „Ratgeberin" im Stiftungsvorstand. Später hatte sie dafür aufgrund ihrer Rolle als einer der gefragtesten Menschen der Welt keine Zeit mehr. Schließlich hält sie ein Teil der Menschheit (wer auch immer dies sein soll) der Auszeichnung mit der Goldenen Kamera als Sonderpreis für den Klimaschutz oder gar mit dem Nobelpreis für würdig. Es verschlägt einem die Sprache.

Welche dominierende Rolle gerade ihr Vater spielt, lässt sich mit einem Foto aus Anlass des Treffens mit dem Papst, welches auf Initiative der Thunbergs zustande kam, simpel erkennen. Greta hält dem Papst ein Schildchen hin und dieser richtet ein paar Worte an sie. Im Zentrum des Fotos ist der in feinen Zwirn gekleidete, strahlend lächelnde Papa zu erkennen.

Immer war von ihr (oder ihren skrupellosen Eltern) zu hören, dass ihr Engagement ganz persönlich und unkommerziell sei. Unabhängig von ihrem Engagement bei der erwähnten Aktiengesellschaft verwundert dann insofern die Mitteilung, dass nach ihrer Äußerung zur Atomenergie als wohl doch noch erforderlichen Energiequelle, die ihre „Mitstreiter" in den hellen Wahnsinn trieb, ihr Pressesprecher die Äußerung herabzuspielen versuchte. Haben Sie, liebe Leser, einen Pressesprecher?

Auch ihre aufwendig inszenierte, angeblich umweltfreundliche Anreise nach Katowice und Davos mit der Bahn kann nur Uninformierte begeistern. Natürlich hätte eine Flugreise die Luft mit CO2 verpestet, aber die Bahn ist nun einmal der zweitgrößte Feinstaubproduzent. Und daran sterben angeblich Leute ...

Nun hat ja Greta eine Welle der Begeisterung auch unter deutschen Jugendlichen ausgelöst. Jeden Freitag demonstrieren sie für die Klimarettung und bringen so den deutschen Rechtsstaat in Konflikt. Da gibt es die gesetzliche Schulpflicht. Zahlreiche Politiker, allen voran die Kanzlerin, bestärken aber die „Klimaschützer" in ihrer Aktivität. Wissenschaftler applaudieren. Jetzt gibt es sogar konkrete Forderungen dieser „Bewegung" an die Bundesregierung, unter anderem einen Kohlestromausstieg bis 2030. Das erinnert doch ganz unzweifelhaft an die Forderung der Grünen/Greenpeace, die sie als Reaktion auf die Äußerung von Altmeier im Kapitel 5 erhoben. Dieses – nach meiner Meinung offensichtlich gesteuerte – Engagement der Kinder und Jugendlichen lässt sich natürlich auch prima im Wahlkampf verkaufen.

Ich hoffe, dass insoweit ausgeschlossen ist, dass sich diese Klimakämpfer mit Dieselautos zur Schule oder zum Sport fahren lassen. Mädels nachts mit solchen Autos von der Disco abzuholen, sollte auch verpönt sein, zumal gerade in Großstädten kein Handlungsbedarf besteht (oder vielleicht doch?) ... Flugreisen zum Urlaubsort oder gar Kreuzfahrtschiffe sollten ebenfalls auf der Streichliste stehen. Sie sollten ihre Eltern auch überzeugen, dass der Kamin im Eigenheim wegen CO2-Emission nicht benutzt wird. Auch romantische Feuerschalen im Garten, Grillpartys oder gar Feuerwerke zu Silvester sollten der Vergangenheit angehören.

Ticken wir alle noch richtig?

10 Resümee und Ausblick

Nachdem sich der Leser nun durch die Seiten dieses Buches gekämpft hat, wird er berechtigt fragen: „Kommen wir mal zu deinem Thema zurück, was habt ihr nun erreicht?"

Zunächst ist einmal zu konstatieren, dass die Regionale Planungsgemeinschaft „Oderland-Spree" den sachlichen Teilregionalplan „Windenergienutzung" mehrheitlich beschlossen hat.

Über 2.300 Einsprüche der Bürger, ja selbst der Einspruch der Deutschen Bahn, deren planfestgestellte Strecke Mixdorf-Grunow mal eben „überplant" wurde, war den Verantwortlichen nicht Anlass genug, den Entwurf auch nur zu modifizieren. Lediglich vier Regionalräte hatten den Mut, sich gegen den Windkraftwahn zu stemmen. Andere, die vorher noch Zeter und Mordio gerufen haben, ließen ihre Bürger (und Wähler) im Stich und hoben folgsam die Hand.

Wenn ich trotzdem ein positives Fazit ziehe, möchte ich das wie folgt begründen.

Unsere Bürgerinitiative hat es geschafft, in Zusammenarbeit mit der Gemeindevertretung und dem Amt ein ganzes Dorf im Kampf gegen Windkraftanlagen im Schlaubetal zu einen. Viele Bürger haben sich persönlich engagiert und uns mit Informationen und Taten unterstützt.

Wir sind nach Demonstrationen und Bürgerversammlungen, Presseartikeln und Fernsehauftritten weit über die Region hinaus bekannt. Touristen und Besucher sind darüber erstaunt, dass an fast jeder Tür und jedem Tor der Mixdorfer Häuser Plakate und Schilder gegen die Windkraft im Schlaubetal angebracht sind.

Die Gemeindevertretung hat durch Beschlüsse dafür gesorgt, dass bis auf Weiteres an die Errichtung von Windrädern im Schlaubetal durch fremde Investoren nicht zu denken ist.

Und wir haben unser Versprechen eingelöst, dass wir es bei außergerichtlichen Aktivitäten nicht bewenden lassen, sofern diese an der Ignoranz „unserer" Kommunalpolitiker scheitern.
Mithilfe einer versierten Rechtsanwältin haben wir ein Normenkontrollverfahren eingeleitet mit dem Ziel, den Regionalplan für rechtswidrig zu erklären. Die Klagebegründung und die Erwiderung der Gegenseite werden noch in diesem Jahr erfolgen. Trotz der allseits bekannten Überlastung der Justiz kann insoweit mit einer Entscheidung noch im Jahr 2020 gerechnet werden. Ich bin verhalten optimistisch und denke, dass der im Mai neu zu wählende Gemeinderat für das Folgejahr eine kleine Summe in den Haushalt einstellen sollte. Es wird bestimmt Anlass zum Feiern geben!

In einem Schlusswort möchte ich noch kurz einige Gedanken zusammenfassen, die mich bei der Ausarbeitung des Buches zunehmend beschäftigt haben.

Wie ist es möglich, dass unter dem Deckmantel des Klimaschutzes von der Politik die Notwendigkeit einer „Energiewende" herbeigeredet wird? Man muss nicht einmal Energiefachmann sein, um zu begreifen, dass eine Energieversorgung allein aus erneuerbaren Energien ohne Netz und Speicher im vorgegebenen Zeitraum wirtschaftlich Harakiri bedeutet. Trotzdem folgen große Teile der Bevölkerung unter dem frenetischen Beifall der Grünen und sonstiger „Umweltschützer" diesem Unsinn.

Jetzt werden sogar schon Tausende Schüler manipuliert! Mich erreichte eine E-Mail von change.org mit Sitz in San Francisco, USA.

Auf dieser Plattform kommt ein gewisser Nick, ein deutscher Schüler (wahrscheinlich nur fiktiv), mit folgenden Worten daher: „Ich heiße Nick und bin in diesen Tagen sehr wütend. Der Kompromiss der Kohlekommission setzt meine Zukunft aufs Spiel. Ich fordere einen Ausstieg aus der dreckigen Kohleverstromung bis 2030." Da haben wir wieder dieses ominöse Datum. Er ist angeblich Mitglied der Bewegung „Fridays For Future", die nun immer an den Freitagen in Berlin und anderen Städten aufläuft, um für einen Kohlestromausstieg zu demonstrieren. Wer schafft es, Tausende Schüler zum Schulschwänzen anzustiften? Wie kommen die auf das Ausstiegsjahr 2030? Wer steckt dahinter?

Oder denken wir an wirklich geistlose Äußerungen, wie sie zum Beispiel das Umweltbundesamt vom Stapel lässt. Befragt, warum die Konzentration von Stickoxiden am Arbeitsplatz 24-mal höher sein darf als auf der Straße, bekommt man zur Antwort: „Die Belastung am Arbeitsplatz betrifft Arbeitende, die gesund sind und sie ist nur befristet (immerhin mindestens 8 Stunden täglich, d. A.). Doch von Stickoxiden auf der Straße sind empfindliche Personen rund um die Uhr betroffen."
Ich kenne keine empfindliche Person, die sich rund um die Uhr auf der Straße rumtreibt ...

Oder die Äußerung der Grünen-Chefin, dass das Netz als Speicher fungiert ...

Oder die Vorstellung, dass das kleine Deutschland mit dem Kohleausstieg das Klima und damit die Welt retten wird ...

Oder Fahrverbote für Dieselautos auf einigen Straßen in Großstädten, die dann einen Umweg fahren und so noch mehr Abgase produzieren ...

Oder der Atomausstieg bis Ende 2022, obwohl die drei Stromautobahnen von Nord nach Süd planmäßig erst 2025 fertiggestellt werden können (Bürgerproteste und entsprechende Klagen vor den Verwaltungsgerichten werden auch dieses Ziel unerreichbar machen).

Und, und, und ...

Als Bürger hat man nach meiner Auffassung drei Möglichkeiten:

1. Man akzeptiert den Mainstream vorbehaltlos.
2. Man macht die Haustür hinter sich zu und guckt nur noch Sport.
3. Man engagiert sich da, wo es wenigstens im Ansatz einen Sinn ergibt.

Variante 1 und 2 schonen die Nerven und erhöhen den Anteil an Freizeit.

Variante 3 erhöht das Selbstwertgefühl und kann im Idealfall zu Verbesserungen führen.

Ich habe mich mit diesem Buch und meiner sonstigen Einstellung für Variante 3 entschieden.

Um es abschließend klarzustellen:

Ich bin für den weiteren vernünftigen Ausbau erneuerbarer Energien. Dieser muss aber einhergehen mit dem Einsatz effizienter Speichertechnologien und einem sicheren Netzbetrieb. Mensch und Natur, hier insbesondere Schutzgebiete wie unser Schlaubetal, dürfen nicht gefährdet werden. Kostensteigerungen dürfen nicht zu Lasten der Verbraucher gehen, sollten aber auch die Industrie nicht unverhältnismäßig belasten, um den Wirtschaftsstandort Deutschland nicht zu gefährden.

Dazu brauchen wir fähige Politiker und Wissenschaftler, die sie fundiert und sachkundig bei Entscheidungen unterstützen.

Das Engagement unserer Jugend bezüglich der oben behandelten Themen sollte nunmehr im Unterricht auf eine solide, natürlich auch altersgerechte natur- und gesellschaftswissenschaftliche Basis gestellt werden.

Was wir nicht brauchen, sind Fantasten und Einpeitscher, denn allein mit Wunschdenken oder blindem Aktionismus werden wir keinen Fortschritt erreichen.

Ich bin gegen eine Panikmache, gegen politischen Missbrauch der Themen Klimaschutz und Energiewende. Ich bin vor allem auch gegen ungesetzliche Praktiken des Widerstands.

Ich bin gegen das Privileg der Investoren nach BauGB, die Windkraftanlagen in den Außenbereichen der Gemeinden errichten wollen. Die Kommunen und ihre Volksvertreter sollen mitentscheiden können, ob und in welcher Form solche Anlagen in ihrem Territorium gebaut werden dürfen. Auch wenn die Grünen jetzt wieder aufstöhnen ...

Ich beende dieses Buch mit der Gewissheit, dass ich nicht nur breite Zustimmung ernten werde. Das war auch nicht gewollt. Bemerken möchte ich an dieser Stelle, dass die über unser regionales Engagement hinausgehenden Ausführungen in diesem Buch ausdrücklich meine persönliche Meinung darstellen. Ziel sollte es sein, dass sich vielleicht der eine oder andere zukünftig für diese Themen interessiert. Ziel war es natürlich auch, den Lesern zu zeigen, dass es im Schlaubetal Menschen gibt, die sich trauen, eine eigene Meinung zum Thema Windkraftwahn zu haben und die um ihre Lebensqualität und die Erhaltung der wunderschönen Natur kämpfen. Besuchen Sie uns mal!

Der Autor

Bernd Kochan wurde 1955 in Frankfurt (Oder) geboren und lebt seit vielen Jahren in Mixdorf. Dem Beruf des Justiziars und Rechtsanwalts ging er bis zu seiner Pensionierung im Jahr 2018 mit großer Leidenschaft nach. Als Sprecher der Bürgerinitiative „Keine Windkraft im Schlaubetal" dokumentiert er in „Nein! – Ein Dorf wehrt sich" die Aktivitäten engagierter Bürger gegen den Willen der Politik.

novum VERLAG FÜR NEUAUTOREN

Der Verlag

„*Wer aufhört besser zu werden, hat aufgehört gut zu sein!*

Basierend auf diesem Motto ist es dem novum Verlag ein Anliegen neue Manuskripte aufzuspüren, zu veröffentlichen und deren Autoren langfristig zu fördern. Mittlerweile gilt der 1997 gegründete und mehrfach prämierte Verlag als Spezialist für Neuautoren in Deutschland, Österreich und der Schweiz.

Für jedes neue Manuskript wird innerhalb weniger Wochen eine kostenfreie, unverbindliche Lektorats-Prüfung erstellt.

Weitere Informationen zum Verlag und seinen Büchern finden Sie im Internet unter:

w w w . n o v u m v e r l a g . c o m